Pièges dans la jungle

L'auteur : Mary Pope Osborne a écrit plus de quarante livres pour la jeunesse, récompensés par de nombreux prix. Elle vit à New York avec son mari, Will, et Bailey, un petit terrier à poils longs. Tous trois aiment retrouver le calme de la nature, dans leur chalet en Pennsylvanie.

L'illustrateur : Philippe Masson, né à Rennes en 1965, est issu d'une famille de marins bretons. Actuellement, il vit à Tours avec son amie et ses deux enfants, Lucas et Mona. Depuis 1997, il réalise les dessins de « Marion Duval » d'Yvan Pommaux pour le magazine *Astrapi*.

À Joy La Brack, pour son aide.

Titre original : *Tigers at Twilight*
© Texte, 1999, Mary Pope Osborne.
Publié avec l'autorisation de Random House Children's Books,
un département de Random House, Inc., New York, New York, USA.
Tous droits réservés.
Reproduction même partielle interdite.
© 2005, Bayard Éditions Jeunesse pour la traduction française
et les illustrations.

Conception et réalisation de la maquette : Isabelle Southgate.
Colorisation de la couverture ; illustrations de l'arbre, de la cabane
et de l'échelle : Paul Siraudeau.
Suivi éditorial : Karine Sol.

Loi n° 49 956 du 16 juillet 1949
sur les publications destinées à la jeunesse.
Dépôt légal : janvier 2005 – ISBN : 2 7470 1348 0
Imprimé en Allemagne par Clausen & Bosse

La Cabane Magique

Pièges dans la jungle

Mary Pope Osborne

Traduit et adapté de l'américain
par Marie-Hélène Delval

Illustré par Philippe Masson

BAYARD JEUNESSE

Léa

Prénom : Léa

Âge : sept ans

Domicile : près du bois de Belleville

Caractère : espiègle et curieuse

Signes particuliers : ne manque jamais une occasion d'entraîner son frère, Tom, dans des aventures mouvementées, sans se soucier du danger.

Tom

Prénom : Tom

Âge : neuf ans

Domicile : près du bois de Belleville

Caractère : studieux et sérieux

Signes particuliers : aime beaucoup
les livres, qui l'aident à se sortir
de situations périlleuses.

Les quinze premiers voyages de Tom et Léa

Tom et Léa ont découvert dans le bois de Belleville, perchée en haut d'un chêne, une cabane pleine de livres. C'est une

cabane magique !

Elle appartient à la fée Morgane, une magicienne et une célèbre bibliothécaire qui voyage à travers le temps et l'espace pour rassembler des livres.

Nos deux jeunes héros ont déjà vécu des **aventures extraordinaires** ! Il leur suffit d'ouvrir un livre, de poser le doigt sur une image en souhaitant se trouver à l'endroit représenté, et ils y sont aussitôt transportés !

Au cours de leurs quatre dernières aventures, Tom et Léa ont dû résoudre quatre énigmes pour récupérer leurs cartes MB confisquées par l'enchanteur Merlin.

Les enfants
ont croisé
un requin !

Ils ont aidé un cow-boy
à traquer les voleurs
de ses chevaux.

Ils se sont retrouvés
face à de redoutables
lions.

Souviens-toi...

Ils ont exploré
la banquise.

Nouvelle mission :

aider Teddy, le petit chien
qui est victime d'un mauvais sort

Si Tom et Léa réussissent
à se faire offrir quatre cadeaux,
il sera délivré.

Sauront-ils éviter tous les dangers ?

 Lis vite les quatre nouveaux
« Cabane Magique » !

★ N° 16 ★
Les dernières heures du *Titanic*

★ N° 17 ★
Sur la piste des Indiens

★ N° 18 ★
Pièges dans la jungle

★ N° 19 ★
Au secours des kangourous

Prêt à suivre Tom et Léa
dans leurs dangereuses aventures ?

Bon voyage !

Résumé du tome 17

★ ★ ★

Tom et Léa ont déjà reçu deux cadeaux. Le premier, une montre, leur a été remis sur le *Titanic* par deux enfants qu'ils ont sauvés du naufrage. Le deuxième vient des Grandes Plaines d'Amérique du Nord. Nos héros y font la connaissance de Chouette Noire, un jeune Lakota. Lors d'une chasse au bison, grâce à Tom, ce dernier échappe de peu à la mort. En récompense de leur courage, les Lakotas offrent à Tom et Léa une belle plume d'aigle.

Une forêt lointaine

Tom et Léa reviennent de la bibliothèque en longeant le bois de Belleville. Un chaud soleil de fin d'après-midi fait briller les feuilles des arbres.

– Je voudrais bien revoir Teddy, soupire Léa.

– Moi aussi, dit Tom. C'est vraiment un gentil chien !

– Oui ! Et courageux !

– Et drôle !

– Et... là !

– Quoi ? fait Tom.

Sa sœur désigne quelque chose :

– Là ! Il est là !

Un museau roux pointe hors d'un buisson.

– Teddy ! s'écrie Tom.

« Ouaf ! Ouaf ! »

Le petit chien bondit sur le sentier et disparaît dans le bois.

– Suivons-le ! s'exclame Léa.

Les enfants s'élancent. Ils arrivent bientôt au pied du grand chêne.

L'échelle de corde se balance doucement, comme pour les inviter à grimper encore une fois jusqu'à la cabane magique. Le chien attend en haletant.

Léa le soulève dans ses bras :

– Tu sais que tu m'as manqué, toi !

– Où étais-tu passé, petit coquin ? ajoute Tom.

Tous deux ont droit à un bon coup de langue sur la joue.

– On va partir à la recherche du troisième cadeau, hein ? devine Léa.

Teddy éternue, comme pour dire : « Exactement ! »

Léa le passe à son frère, qui le met dans son sac à dos. Puis, l'un derrière l'autre, ils montent à l'échelle.

La lettre que Morgane leur a laissée est toujours là, sur le plancher de la cabane.

Tom pose le chien ; il va aussitôt renifler les deux cadeaux que les enfants ont rapportés de leurs précédents voyages : la montre en argent venue du *Titanic**, et la plume

* Lire le tome 16, *Les dernières heures du* Titanic.

d'aigle offerte par la vieille Indienne dans les Grandes Plaines d'Amérique*.

Léa ramasse la lettre et relit à haute voix :

Ce petit chien est victime d'un sort.
À vous de l'aider !
Si on vous offre quatre cadeaux,
il sera délivré.
Le premier cadeau voyage sur un paquebot.
Le deuxième viendra des grandes plaines,
le troisième d'une forêt lointaine.
Et qui vous offrira le quatrième ?
Un kangourou !
Soyez prudents, avisés, courageux et…
un peu fous !

Morgane

– Donc, aujourd'hui, conclut Léa, on va partir pour une forêt lointaine.

– Je me demande dans quel pays est cette forêt, murmure Tom.

14

– Morgane nous a sûrement laissé un livre pour nous aider.

Tous deux balaient la cabane du regard. Des livres, il y en a partout ! Lequel est le bon ?

« Ouaf ! Ouaf ! »

Teddy s'est assis dans un coin, une patte sur un album. Tom court le prendre. Son titre est : *Dans la jungle sauvage de l'Inde.*

– L'Inde ? souffle-t-il. Oh là là ! Si loin que ça ?

– Allons-y tout de suite, décide Léa. Plus vite on aura nos cadeaux, plus vite Teddy sera délivré !

Tom met le doigt sur la couverture du livre et dit :

– Nous souhaitons être transportés là-bas !

Aussitôt, le vent se met à souffler, la cabane à tourner.

Elle tourne plus vite, de plus en plus vite.

Puis tout s'arrête, tout se tait.

Tout se tait, mais… pas pour longtemps !

2

Kah et Ko

Des cris résonnent dans l'air chaud :

« Kah-ko ! »

« Piii-iii ! »

« Ak ak ak-oook ! »

Les enfants courent à la fenêtre. Des nuées orangées se déploient dans le ciel. Le soleil va bientôt se coucher.

La cabane s'est posée sur un arbre, au bord d'un ruisseau, à la lisière d'une forêt.

Soudain, deux créatures poilues sautent d'une branche et s'accrochent au rebord de la fenêtre.

– Aaaaaah ! font Tom et Léa en reculant vivement.

Puis ils éclatent de rire : ce sont deux petits singes, qui les regardent d'un air curieux. Une fourrure gris clair entoure leur visage brun foncé. On dirait qu'ils ont mis un manteau à capuche.

– Bonjour ! leur dit la fillette. Je m'appelle Léa. Lui, c'est Tom, et voilà Teddy.

« Ouaf ! Ouaf ! » aboie le chiot.

– Et vous ? reprend Léa. Comment vous appelez-vous ?

« Kah-ko, kah-ko ! » répondent les singes.

– Super !

Léa se tourne vers Tom :

– Je te présente Kah et Ko ! Kah est une fille, et Ko est un garçon. Ils sont frère et sœur, comme nous !

– N'importe quoi…, lâche Tom.

Kah et Ko poussent de petits cris, comme s'ils riaient. Léa leur explique :

– On vient chercher un cadeau dans la forêt. Savez-vous qui nous l'offrira ?

Les singes remuent la tête et babillent dans leur langage. Puis ils dégringolent de l'arbre en s'accrochant aux branches avec leurs mains et leur longue queue. En un clin d'œil, ils sont en bas.

– Vite, Tom ! s'écrie Léa. Il faut les rejoindre.

Et elle se précipite vers l'échelle de corde.

Tom prend le temps de feuilleter le livre. Il trouve une image représentant les deux singes. Il lit :

Voici des singes de la famille des langurs. Le mot « langur » signifie « qui a une longue queue ».

Tom prend son carnet et son stylo, et il note :

Langur = longue queue.

D'en bas monte le rire de Léa, mêlé aux bruits de la forêt. Dans la cabane, Teddy s'impatiente :

« Ouaf ! Ouaf ! »

– Oui, oui ! On y va !

Le garçon range le livre, son carnet et son stylo dans le sac, et il y fourre aussi le petit chien. Puis il descend par l'échelle. Arrivé en bas, il repose Teddy par terre.

Kah court vers Tom et l'attrape par le bras. La patte du langur ressemble à une minuscule main humaine.

Ko prend alors la main de Léa, et les singes entraînent les enfants vers la forêt. Puis ils grimpent dans un arbre et continuent leur chemin en sautant de branche en branche.

Léa court, la tête levée, pour ne pas les perdre de vue. Teddy galope derrière elle.

– Hé ! crie Tom. Pas si vite ! Ne fonce pas comme ça droit devant toi, Léa ! Tu vas te cogner dans quelque chose !

Aussitôt, les singes ralentissent, comme s'ils avaient compris. Tom rejoint sa sœur, et tous deux poursuivent leur marche plus tranquillement.

Cette forêt est extraordinaire ! Les rayons du soleil couchant illuminent les arbres d'une lumière dorée. Des odeurs sucrées parfument l'air chaud. Des paons font la roue, des oiseaux de toutes les couleurs passent comme des flèches entre les feuilles, des antilopes aux fines cornes torsadées se régalent de grandes fleurs rouges.

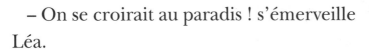

– On se croirait au paradis ! s'émerveille Léa.

– Oui, dit Tom. Mais n'oublie pas que le titre du livre est : *Dans la jungle sauvage de l'Inde.* Sauvage, ça signifie qu'il y a plein de bêtes dangereuses…

Un peu plus loin, Tom remarque de curieuses traces sur l'écorce d'un arbre. Il s'approche pour les examiner :

– Qu'est-ce que c'est que ça ?

Léa hausse les épaules et ne s'arrête pas. Mais Tom est intrigué.

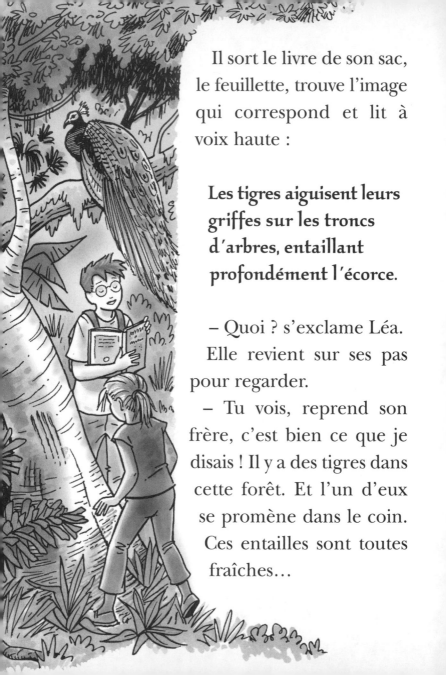

Il sort le livre de son sac, le feuillette, trouve l'image qui correspond et lit à voix haute :

Les tigres aiguisent leurs griffes sur les troncs d'arbres, entaillant profondément l'écorce.

– Quoi ? s'exclame Léa. Elle revient sur ses pas pour regarder.

– Tu vois, reprend son frère, c'est bien ce que je disais ! Il y a des tigres dans cette forêt. Et l'un d'eux se promène dans le coin. Ces entailles sont toutes fraîches…

3

Un arbre qui bouge

– Des tigres ? s'exclame Léa. Super !
Tom continue sa lecture :

**Un tigre avale sept kilos de viande
par jour.**

– Ça, c'est moins super…
Tom lit encore :

**Les tigres évitent généralement
les éléphants et, comme beaucoup de
félins, se méfient des chiens sauvages.**

Teddy montre les dents et se met à gronder. Tom rit :

– Tu n'es pas un chien sauvage, petit sot ! Un tigre ne ferait qu'une bouchée d'une crevette comme toi !

Teddy gronde toujours. Kah et Ko criaillent : « Koo-koo-koo ! »

Les paons poussent leur drôle de cri : « Léon léon léon ! » Les antilopes lèvent la tête et frappent nerveusement du sabot.

– Qu'est-ce qui se passe ? s'inquiète Léa.

– Remettons Teddy dans le sac, dit Tom. C'est plus prudent.

Il attrape le petit chien, qui ne cesse pas de grogner.

– Chut ! Sois sage ! Tu seras en sécurité, là-dedans !

Un long, profond et féroce grondement retentit alors, comme venu de nulle part. Tom sent ses cheveux se dresser sur sa tête.

– Qu'est-ce que c'est ? souffle Léa.

– Un tigre !

« Ouaf ! Ouaf ! » aboie Teddy.

Kah et Ko poussent des cris stridents en agitant les bras, en haut de leur arbre.

– Ils nous disent de monter les rejoindre, traduit Léa. Viens !

Elle se hisse sur une branche et commence l'escalade.

Tom tremble si fort qu'il a du mal à remettre le sac sur son dos. Il attrape la branche et grimpe derrière sa sœur.

Un autre grondement résonne, tout près cette fois.

« Koo-koo-koo ! » crient les langurs.

Les singes sont déjà au sommet de l'arbre. Les enfants les suivent de leur mieux. Le bel orangé du ciel se transforme en gris sombre ; la nuit va bientôt tomber.

Tom regarde en bas ; il ne voit même plus le sol. Il écoute, guettant un autre grondement. Mais seuls mille cris de petites bêtes troublent le silence de la forêt.

– Le tigre est peut-être parti, dit Léa.

Tom regarde les singes. Ils sont blottis l'un contre l'autre, leur visage brun plissé de peur.

– Ou peut-être pas…, murmure-t-il.

– Qu'est-ce qu'on va faire, alors ?

– Je ne sais pas. La forêt est de plus en plus sombre…

Les singes gémissent ; on dirait qu'ils montrent quelque chose. Le tigre ?

« Ouaf ! Ouaf ! » s'égosille Teddy.

Le cœur de Tom bat comme un tambour. Il a beau scruter le fouillis de branches et de feuilles, il ne distingue rien. Puis, plus bas, il lui semble voir le tronc de l'arbre bouger !

– Un serpent ! s'écrie Léa.

Le reptile s'enroule autour de l'arbre. Sa peau est tachetée de brun et de blanc, et il est presque aussi gros que le tronc.

– Un python ! souffle Tom.

Le python progresse lentement.

– C'est venimeux ? chuchote Léa.

Tom se tortille pour sortir le livre de son sac à dos. À la dernière clarté du jour, il cherche la bonne page. Il lit :

Le python n'est pas venimeux.

– Ouf ! soupire Léa.

– Attends, je n'ai pas tout lu !

Il poursuit :

**Cet énorme serpent étouffe ses proies
dans ses anneaux puissants.
Puis il les avale tout rond.
Un python peut engloutir un animal
de la taille d'un cerf.**

Léa en reste sans voix. Kah et Ko, eux,
n'arrêtent pas de piailler.

– Taisez-vous ! leur lance Tom. Vous
m'empêchez de réfléchir.

Les singes se suspendent à des lianes.
Hop ! ils se lancent au-dessus du vide
comme des trapézistes, et bondissent dans
un autre arbre. De là, ils regardent Tom et
Léa en agitant les bras, sans cesser de crier :

« Kah-ko ! Kah-ko ! »

– J'ai compris, dit Léa. Ils nous disent de
les imiter.

4

Mieux qu'une balançoire !

Léa s'accroche à une liane. Tom regarde le python.

Le serpent géant poursuit son ascension. Sa tête atteint presque la branche sur laquelle les enfants sont accroupis.

Tom inspire à fond. Puis il empoigne lui aussi une liane.

– Penche-toi d'abord en arrière, comme ont fait Kah et Ko, pour prendre de l'élan, lui conseille sa sœur.

Puis elle compte :

– Attention ! Un, deux… !

À trois, ils s'élancent.

Tom a l'impression que son estomac lui remonte dans la bouche. L'air chaud ébouriffe ses cheveux. Des feuilles lui fouettent le visage.

Un terrible rugissement fait alors trembler toute la forêt, et un énorme tigre surgit des buissons.

Ses yeux jaunes flamboient, ses crocs brillent comme des lames de poignard. Il se dresse sur ses pattes arrière, et ses griffes manquent de peu le garçon, qui hurle :

– Aaaaaaaah !

Le tigre se laisse retomber lourdement sur le sol. Tom se perche à côté de sa sœur,

sur la branche de l'arbre où les attendent les singes. Sauvé !

– Ouf ! souffle-t-il en lâchant la liane et en s'accrochant de toutes ses forces au tronc.

Il a eu si peur qu'il en tremble encore. Les langurs le tapotent gentiment avec leurs petites mains, comme pour s'assurer qu'il n'a rien de cassé.

– C'était rigolo ! déclare Léa. Encore mieux qu'une balançoire !

– Rigolo ? Tu trouves ?

Au même instant, l'arbre se met à vibrer, des branches craquent.

– Oh, non ! gémit Tom.

– Ça grimpe aux arbres, les tigres ? fait Léa d'une toute petite voix.

– On dirait que oui !

Tom serre le tronc plus fort et ferme les yeux. Au-dessous de lui, ça croque, ça mastique, ça renifle. Teddy gronde.

Tom pense : « Le tigre a trouvé quelque chose à manger… »

Mais Kah et Ko se mettent à sauter en poussant des cris amusés. Teddy aboie joyeusement. Léa éclate de rire :

– Tom ! Regarde !

Le garçon rouvre les yeux. Sa sœur désigne une sorte de souple tuyau écailleux qui ondule dans la pénombre.

– Un autre serpent ? s'écrie Tom, horrifié.

– Mais non ! C'est la trompe d'un éléphant !

L'extrémité de la trompe vient frôler le visage des enfants, comme pour sentir leur odeur. Puis elle arrache un bouquet de feuilles et disparaît.

– Allons voir ! décide Léa.

Elle commence à descendre de branche en branche. Tom suit sa sœur.

De grandes ombres se détachent sur la lumière grise du crépuscule : c'est un troupeau d'éléphants. Léa s'exclame :

– Hé ! J'ai une super idée !

5

Promenade nocturne

– C'est quoi, ton idée ? demande Tom, méfiant.

– Je sais comment échapper au tigre. Le livre dit que les tigres n'attaquent pas les éléphants, non ?

– Exact.

– On n'a qu'à traverser la forêt à dos d'éléphant !

Tom hoche lentement la tête :

– Oui, c'est une bonne idée. Mais...

– Il n'y a pas de « mais » ! Tu vas voir !

Léa descend encore un peu. Elle se laisse

pendre à une branche, pose les pieds sur le dos du pachyderme. Puis elle lâche la branche et s'assied.

L'éléphant barrit et secoue la tête.

– N'aie pas peur, Saba ! le rassure Léa en lui tapotant le crâne. Ce n'est que moi !

– Saba ? s'étonne son frère.

– Oui, c'est son nom.

– Ah, oui, bien sûr…

– Allez, viens ! C'est très facile !

« Ouaf ! Ouaf ! » aboie Teddy, l'air de dire : « Alors, tu y vas ? »

Tom descend prudemment. Puis il se laisse tomber de la branche et s'installe devant sa sœur.

Saba barrit de nouveau.

– Parle-lui ! conseille Léa.

Tom gratouille la peau rugueuse :

– Tout va bien, Saba !

L'éléphant agite ses grandes oreilles. Kah et Ko sautent à terre et lui racontent quelque chose dans leur langage. Saba balance sa trompe et se met en marche. Les deux petits singes bondissent devant lui en jacassant, comme pour lui montrer le chemin.

Les enfants sont doucement bercés, au rythme des pas de Saba. Ils ont l'impression d'être dans un bateau. Une grosse lune ronde monte au-dessus des arbres.

– Où va-t-on ? s'inquiète Tom.

– Du calme ! Faisons confiance à Kah et Ko !

« Ouaf ! Ouaf ! » intervient Teddy.

– Toi aussi, du calme ! lui lance Tom, un peu agacé.

Des lucioles virevoltent, comme des étincelles. La lune éclaire un sentier entre les arbres. Un grondement s'élève au loin. « Le tigre ? » se demande Tom.

Ça ne trouble pas l'éléphant. Il continue d'avancer.

Des lianes chatouillent le visage des enfants. La brume monte du sol. Kah et Ko continuent de bondir et de jacasser. La lumière de la lune leur dessine deux petites ombres qui dansent.

– On s'éloigne de la cabane, fait remarquer Tom.

Au même moment, un cri étrange retentit, une sorte de hurlement qui se termine en gémissement, comme si toute la forêt se plaignait.

– Je n'aime pas ce bruit, dit Léa.

– Moi non plus, avoue Tom, frissonnant. C'est sinistre !

Mais Saba avance toujours.

Au bout d'un moment, Tom sent ses yeux se fermer. Il pose sa tête sur le large crâne de la bête. Il s'endort, et il rêve qu'il navigue sur un sombre océan vert et noir.

La créature
de l'étang

« Kaa kaa ! »

« Ok ok oooook ! »

Tom sursaute et ouvre les yeux. Un chaud soleil perce la brume. Paniqué, il se demande : « Où suis-je ? »

Puis il se souvient. Il est en Inde, sur le dos d'un éléphant !

Il se redresse, s'étire, bâille. Saba s'est arrêté sur la rive boueuse d'un ruisseau. D'autres éléphants sont dans l'eau et s'aspergent avec leur trompe. Teddy renifle un buisson. Kah et Ko mangent des fleurs.

Mais… où est Léa ?

– Tu as bien dormi ? lance une voix moqueuse.

La petite fille est assise sur un rocher, les pieds dans l'eau.

– Comment es-tu descendue ? s'étonne son frère.

– C'est facile ! Tu glisses comme sur un toboggan ! Vas-y ! Tu ne te feras pas mal : par terre, c'est tout mou. Mais, d'abord, mets-toi pieds nus, comme moi !

Léa s'approche de Saba. Elle s'enfonce dans la boue jusqu'aux chevilles. Tom lui lance son sac à dos, ses baskets et ses chaussettes. Puis il tapote le dos de sa monture :

– Merci pour la promenade !

L'éléphant relève sa trompe et frappe gentiment la tête du garçon.

Tom se laisse glisser ; il tombe à quatre pattes dans la boue. Le voilà éclaboussé de partout !

– Viens te laver au ruisseau, dit Léa.

Elle pose les affaires de son frère sur le rocher pendant qu'il se lave les mains et les pieds. Il rince aussi ses lunettes. Puis il regarde autour de lui.

Saba a rejoint ses compagnons dans l'eau. Ces éléphants, dans la brume dorée du matin, c'est un spectacle magnifique. D'ailleurs, tout est magnifique, ici !

Des oiseaux jaunes et bleus déploient leurs ailes. Des lianes moussues oscillent dans la brise. De grandes fleurs blanches flottent à la surface de l'eau.

Soudain, Tom aperçoit une chose très bizarre. On dirait le sommet d'un rocher avec deux petites oreilles pointant hors du courant. Il crie à sa sœur :

– Il y a une drôle de bête, là-bas.

Léa patauge dans cette direction pour voir. Tom marmonne :

– Je ferais mieux de regarder dans le livre.

Il essuie ses mains mouillées sur son T-shirt, et prend le livre dans son sac. Il trouve une image de rivière d'où émerge une tête grise avec de tout petits yeux et une corne au bout du nez. Il lit :

**Voici un rhinocéros d'Asie,
à une seule corne, prenant
son bain dans le courant.
Les rhinocéros ne sont pas dangereux.
Cependant, comme ils ont
une mauvaise vue, ils chargent
parfois par erreur.**

Avoir une mauvaise vue, Tom sait ce que c'est. Il pense : « Dommage que les animaux ne puissent pas porter de lunettes ! »

À ce moment, le rhinocéros sort la tête de l'eau. Il ressemble tout à fait à celui du livre. Tom espère que le gros animal ne va pas foncer sur lui « par erreur » ! Mais non ! Il se contente de regarder le garçon en soufflant par les naseaux.

Tom lit encore :

Les rhinocéros d'Asie sont une espèce en danger. Des braconniers les tuent pour vendre leur corne comme porte-bonheur.

« Juste pour leur corne ? pense Tom. C'est trop bête ! »

Il prend son carnet pour noter :

Rhinocéros, animal en danger. A besoin de lunettes.

Brusquement, Teddy se met à aboyer, et il part au galop vers la forêt.

Léa s'élance derrière lui :

– Teddy ! Reviens !

Tous deux disparaissent derrière les arbres. Tom grommelle :

– Où ils vont encore, ceux-là ?

Il range ses affaires dans le sac. Il entend alors la voix de Léa :

– Tom ! Viens vite !

Il lève la tête. Sa sœur fait de grands signes, à la lisière de la forêt. Kah et Ko sautillent autour d'elle.

– Qu'est-ce qu'il y a ?

– Une chose affreuse ! répond Léa, au bord des larmes. Affreuse !

7

Pris au piège !

Tom se dépêche de rejoindre Léa. Kah et Ko jacassent nerveusement. Teddy pleurniche. Que se passe-t-il ?

Dès que Tom entre dans la forêt, il voit le tigre. Le fauve est couché sur le flanc, immobile, les yeux fermés. Une de ses pattes est coincée dans les mâchoires d'un piège.

– Il est mort ? chuchote Tom.

– Non, il respire, dit Léa en essuyant une larme sur sa joue. Le pauvre ! Il s'est tellement débattu qu'il est épuisé ! Il a dû se faire prendre cette nuit. C'est son cri qu'on a entendu, tu te souviens, ce cri sinistre !

– Qu'est-ce qu'on peut faire ?

– Le libérer !

Léa s'avance vers le fauve. Tom la retient :

– Attends ! C'est féroce, un tigre ! Ça mange les gens !

Il inspire profondément et déclare :

– Voyons ce que dit le livre !

– D'accord, mais vite !

Tom sort l'album et le feuillette rapidement. Il trouve un chapitre intitulé *Pièges à tigres*. Il lit :

En Inde, les tigres sont protégés.
Mais des braconniers posent des pièges
pour les capturer, les tuer et vendre
leur peau. Comme les rhinocéros,
les tigres sont une espèce en danger.
Si le massacre ne cesse pas,
il n'y aura bientôt plus
ni tigres ni rhinocéros.

– Tu as raison, dit Tom à sa sœur. Il faut faire quelque chose.

Sous le texte, il y a le dessin d'un piège. C'est un objet effrayant. Tom l'examine de près pour comprendre comment ça fonctionne. Il explique à Léa :

– Regarde ! Je vais appuyer sur ce levier. Le piège va s'ouvrir, et tu dégageras la patte du tigre. Compris ?

Léa hoche la tête. Elle ordonne à Teddy :

– Assis ! Ne bouge pas !

Le petit chien obéit. Les langurs observent la scène en silence.

Tom et Léa s'approchent du fauve. C'est la plus magnifique créature qu'ils aient jamais vue. Son pelage est d'une profonde couleur orangée, rayée de noir et de blanc. Sa patte emprisonnée saigne.

Doucement, prudemment, Tom abaisse le levier. La mâchoire d'acier s'ouvre. Le tigre ne réagit pas.

Doucement, prudemment, Léa libère la patte blessée.

Elle caresse l'épaisse fourrure soyeuse et murmure :

– Va ! Tu es libre !

Le tigre ne bouge pas.

Les enfants se relèvent, ils rejoignent Teddy et les singes sur la pointe des pieds.

« Koo-koo-koo ! » les avertissent Kah et Ko.

Tom et Léa se retournent.

Le tigre est debout, son regard jaune fixé sur les enfants. Tom jette un coup d'œil anxieux autour de lui. Si le fauve attaque, pourront-ils s'échapper ?

Le tigre grogne en montrant les crocs.

Puis il avance lentement.

8

Le plus brave
des petits chiens

L'énorme bête s'approche sans bruit. Ses yeux luisent, ses babines se retroussent.

« Ouaf ! Ouaf ! » aboie Teddy.

– Il dit « courez vous cacher ! », traduit Léa.

Elle attrape son frère par la main et l'entraîne vers la rivière.

– Mais… et Teddy ?

– Ne t'inquiète pas pour lui ! Il sait ce qu'il fait.

Léa pousse son frère derrière le rocher.

– Mais… Teddy… ? répète Tom.

– Il se débrouille très bien tout seul.

Tom s'accroupit à l'abri du rocher. Là-bas, les aboiements du chien se transforment en grondements féroces : « Ouaf ! Ouaf ! Grrrrr ! GRRRRR ! » Les grondements deviennent des rugissements.

– Ça, ce n'est pas Teddy…, murmure Tom.

Soudain, le silence se fait. Un silence

étrange. La forêt tout entière semble retenir son souffle.

– Teddy ? appelle Léa.

C'est à son tour d'être inquiète !

Les enfants regardent par-dessus le rocher.

Le chiot est là, assis dans l'herbe, l'air très content de lui ; le tigre s'éloigne en boitillant entre les arbres.

– Teddy ! s'écrie la petite fille. Tu es le plus brave des petits chiens !

Les singes battent des mains et cabriolent gaiement.

« Ouaf ! Ouaf ! »

Le chiot galope vers les enfants en remuant son bout de queue. Léa le prend dans ses bras et lui embrasse le museau :

– Bravo ! Tu nous as sauvés !

– Comment as-tu fait ? le taquine Tom en lui caressant la tête. Tu t'es transformé en chien sauvage ?

En guise de réponse, Teddy lui lance un bon coup de langue.

Tom remet ses lunettes en place et déclare :

– Bon ! Je suppose que le tigre ne nous apportera pas un cadeau en remerciement !

Ça fait rire Léa :

– Sûrement pas ! Je me demande qui va nous l'offrir, ce cadeau !

– Et moi, je me demande où peut bien se trouver la cabane magique…

Kah et Ko babillent, ils sautillent en agitant leurs longs bras.

– Ils nous disent de les suivre, traduit Léa. Viens, on y va !

Les enfants reprennent leurs baskets, qu'ils ont laissées sur le rocher, et ils longent la rivière sur la trace les langurs.

L'eau scintille au soleil. Des poissons argentés bondissent et replongent aussitôt. Teddy trottine devant avec Kah et Ko. Soudain, tous trois disparaissent derrière un coude de la rivière.

Tom et Léa se dépêchent de les rattraper.

Ils découvrent alors un vieil homme à la peau brune, assis en tailleur sur un rocher. Les singes se sont blottis près de lui.

L'homme garde les yeux fermés. Sa barbe et ses cheveux sont longs et blancs. Son visage est extraordinairement paisible.

9

L'ermite

Kah et Ko tapotent doucement les joues du vieil homme avec leurs petites mains. L'homme leur murmure quelque chose, les yeux toujours fermés. On dirait qu'ils parlent tous les trois le même langage.

– Toc, toc ! fait Léa.

– Qui est là ? demande l'homme.

Il tourne son visage vers les enfants. Ses yeux sont ouverts, maintenant, mais il ne semble pas les voir. Tom comprend : il est aveugle.

Le garçon s'approche :

– Bonjour ! Je m'appelle Tom.

– Et moi, je suis Léa.

L'homme sourit :

– C'est gentil d'être venus.

La petite fille s'étonne :

– Vous vivez dans la forêt ? Tout seul ?

– Oui.

– Vous êtes un ermite ! s'exclame Tom.

– Oui.

– C'est quoi, un ermite ? veut savoir Léa.

– Les ermites décident de vivre loin des autres hommes, explique l'aveugle. Nous aimons être seuls pour méditer. Je vis dans la forêt, et la nature m'enseigne bien des choses.

– Comment cela ? fait Tom.

– Il suffit d'écouter.

– Écouter quoi ?

– Le babillage des singes, le barrissement des éléphants, le feulement des tigres. Je les écoute depuis si longtemps que leurs voix

64

sont pour moi une seule voix, la grande voix de la forêt.

– Cette voix vous a-t-elle dit qu'un tigre s'est pris la patte dans un piège, la nuit dernière ? l'interroge Léa.

– Oui.

– Vous a-t-elle dit aussi, ajoute Tom, qu'on l'a délivré et qu'après il a voulu nous attaquer ?

L'aveugle sourit sans répondre. Puis il dcmande :

– S'il vous plaît, apportez-moi une de ces grandes fleurs blanches qui flottent à la surface de l'eau !

Tom est intrigué : pourquoi l'ermite change-t-il de sujet ? Mais sa sœur s'est déjà levée, et elle court à la rivière.

Elle attrape une fleur et tire. Tout vient, la fleur, la tige et les racines pleines de boue. Léa la tend au vieil homme.

– Merci, dit-il.

65

Il caresse les pétales, passe la main le long de la tige, touche les racines sales et déclare :

– Les merveilleux lotus poussent dans une boue épaisse et noire. Sans cette laideur, leur beauté n'existerait pas. Vous comprenez ?

– Oui, affirment les enfants.

– Quand vous avez délivré le tigre, c'est la bête tout entière que vous avez libérée. Vous avez sauvé sa magnifique beauté et sa terrible sauvagerie. On ne peut avoir l'une sans l'autre.

– C'est vrai, approuve Tom.

– Prenez ce lotus. C'est un cadeau de la forêt pour vous remercier d'avoir aidé notre féroce ami. Notre monde ne serait pas complet sans lui.

Léa prend la fleur. Elle murmure :

– Le cadeau d'une forêt lointaine…

« Ouaf ! Ouaf ! » aboie Teddy, tout joyeux.

Les langurs applaudissent. Seul Tom semble soucieux. Il remarque :

– Nous pouvons rentrer chez nous, maintenant, si nous retrouvons notre chemin…

– Ne vous inquiétez pas, les rassure l'aveugle. Votre maison dans l'arbre est tout près d'ici. Les éléphants se déplacent en larges cercles. Ils vous ont ramenés à votre point de départ.

– Vraiment ?

Le vieil homme lève le doigt. Les enfants regardent ce qu'il désigne. La cabane magique est là, en haut d'un arbre tout proche !

– Ooooh ! souffle Tom.

– Je te l'avais bien dit ! prétend Léa.

Tous deux enfilent leurs chaussettes et leurs baskets. Puis ils prennent chacun une main de l'ermite. Léa s'écrie :

– Merci ! Merci pour tout !

Le vieil homme leur presse doucement les doigts, et Tom sent une vague de paix l'envahir.

– Merci ! souffle-t-il.

Kah et Ko tendent leurs longs bras en jacassant. Tom et Léa les serrent un instant contre eux.

– Vous me manquerez, murmure Léa.

– Vous avez été de bons guides ! leur dit Tom. Au revoir !

Puis les enfants s'avancent vers l'arbre où les attend la cabane magique, Teddy sur leurs talons. Tom met le petit chien dans son sac, et il grimpe à l'échelle.

Léa le suit en tenant bien la fleur de lotus.

Arrivé dans la cabane, Tom prend le livre sur le bois de Belleville. Mais, avant de prononcer la formule, il se penche à la fenêtre avec Léa.

Là-bas, Saba et le troupeau d'éléphants se baignent dans la rivière. Plus près, Kah et Ko se balancent aux lianes. Dans une clairière, le tigre est allongé au soleil et lèche sa patte blessée.

Non loin de là, des antilopes paissent tranquillement. Des oiseaux passent, comme des flèches jaunes et bleues.

Le vieil ermite est toujours assis sur son rocher, le visage éclairé d'un sourire.

Tom ouvre le livre, il pose le doigt sur l'image de leur bois et dit :

– Nous voulons rentrer à la maison !

Le vent se met à souffler, la cabane à tourner.

Elle tourne plus vite, de plus en plus vite.

Puis tout s'arrête, tout se tait.

Qui es-tu, Teddy ?

Un beau soleil de fin d'après-midi illumine l'intérieur de la cabane.

– Et voici notre troisième cadeau ! s'exclame Léa.

Elle va déposer la fleur de lotus à côté de la montre du *Titanic* et de la plume d'aigle des Indiens Lakotas.

– Encore un, et tu seras libéré de ton mauvais sort ! promet-elle à Teddy.

Le chiot lui lèche la main.

Tom pense soudain à quelque chose :

– Dis donc, Léa ! Comment as-tu compris

ce que Teddy nous disait ? Tu sais, de nous cacher derrière le rocher, quand on s'est retrouvés face au tigre…

Léa hausse les épaules :

– Je ne sais pas. Je l'ai lu dans son regard.

– Ah oui ?

Tom s'accroupit devant le petit chien. Les yeux de Teddy luisent d'un éclat particulier.

– Qui es-tu vraiment ? murmure Tom.

Le chien sourit comme savent sourire les chiens, et il remue la queue.

– Reviens nous chercher bientôt, d'accord ? lui demande Léa.

Teddy éternue. Ça veut sûrement dire : « D'accord ! »

Tom et Léa redescendent par l'échelle. Arrivés en bas, ils lèvent les yeux. Un museau noir pointe à la fenêtre.

– Au revoir, Teddy !

« Ouaf ! Ouaf ! »

Les enfants suivent le sentier sous les arbres. Des oiseaux chantent. Des écureuils jouent à cache-cache dans lcs feuilles. Tout est tranquille. Ça ne ressemble pas à la jungle sauvage de l'Inde !

Le soleil descend déjà à l'horizon quand Tom et Léa arrivent chez eux. Ils s'assoient un instant sur la marche, devant la porte.

Tom dit :

– Je me pose deux questions : si l'ermite était aveugle, comment savait-il que la cabane était dans cet arbre ? Et comment savait-il qu'on avait voyagé à dos d'éléphant ?

– La grande voix de la forêt le lui a dit.

– Hum…, fait Tom, pensif.

Il ferme les yeux ; il écoute.

Il entend une voiture remonter la rue. Il entend le « toc-toc » d'un pic-vert dans un arbre du jardin et le grésillement des grillons dans les herbes de la pelouse. Il entend leur mère appeler :

– À table, les enfants !

Et tous ces bruits forment une seule grande voix : la voix rassurante de leur maison.

À suivre

Découvre vite la suite
des aventures de Tom et Léa dans

Au secours
des kangourous.

La cabane magique

propulse
Tom et Léa

en Australie

★ 4 ★

Un bébé abandonné

« Ouaf ! Ouaf ! » aboie Teddy.

– Léa ! crie Tom. Attends-moi !

Et il s'élance à son tour derrière sa sœur, le livre sous le bras.

Les enfants traversent des broussailles, se faufilent entre les eucalyptus. Le sol dur et sec résonne sous leurs pieds. Tom ne lâche pas des yeux Léa, qui s'arrête soudain et se laisse tomber sur les genoux. Il lui lance :

– Qu'est-ce qui t'arrive ?

– Viens vite, Tom !

Tom arrive, tout essoufflé. Léa est penchée sur une petite chose tremblante, allongée dans l'herbe jaunie : le bébé kangourou !

La fillette lui parle doucement :

– Ne pleure pas, Jo ! Je suis là !

Puis elle se tourne vers son frère :

★ ★ ★ ★ ★ ★ ★ ★ ★ ★

– Sa mère l'a abandonné ! Comment est-ce possible ?

– Je ne sais pas, dit Tom.

Il pose son sac, et Teddy en profite pour sauter par terre. Pendant que Tom feuillette le livre, le chiot renifle le bébé kangourou.

– Arrête ! le gronde Léa. Tu vas lui faire peur.

Le chiot recule et s'assied, obéissant.

Tom a trouvé le passage qu'il cherchait. Il lit :

Le plus féroce ennemi du kangourou
est le dingo, le chien sauvage d'Australie.
Poursuivie par des dingos, une mère
kangourou préfère jeter son petit hors
de sa poche pour sauter plus facilement.
Elle entraîne alors les chiens au loin.
Si elle réussit à leur échapper,
elle retourne ensuite chercher son bébé.

 Tom et Léa vont-ils s'occuper du bébé kangourou ?

Si tu as envie de nous donner
tes impressions sur la série
ou nous parler de tes propres voyages,
réels ou imaginaires,
n'hésite pas à nous écrire !

Bayard Éditions Jeunesse
Série Cabane Magique
3, rue Bayard
75008 Paris

N'oublie pas d'écrire
ton nom et ton adresse sur la lettre !